신축일기

신축일기

발행일	2021년 9월 1일		
지은이	김영환		
펴낸이	손형국		
펴낸곳	(주)북랩		
편집인	선일영	편집	정두철, 배진용, 김현아, 박준, 장하영
디자인	이현수, 한수희, 김윤주, 허지혜	제작	박기성, 황동현, 구성우, 권태련
마케팅	김회란, 박진관		

출판등록 2004. 12. 1(제2012-000051호)
주소 서울특별시 금천구 가산디지털 1로 168, 우림라이온스밸리 B동 B113~114호, C동 B101호
홈페이지 www.book.co.kr
전화번호 (02)2026-5777 팩스 (02)2026-5747

ISBN 979-11-6539-959-7 03810 (종이책) 979-11-6539-960-3 05810 (전자책)

(주)북랩 성공출판의 파트너

북랩 홈페이지와 패밀리 사이트에서 다양한 출판 솔루션을 만나 보세요!

홈페이지 book.co.kr • **블로그** blog.naver.com/essaybook • **출판문의** book@book.co.kr

---

작가 연락처 문의 ▶ ask.book.co.kr

작가 연락처는 개인정보이므로 북랩에서 알려드릴 수 없습니다.

김영환 시집

신축일기

flexible

북랩 book Lab

올해가 환갑년이다
환갑이라니 환장하겠다
아니지, 뒤를 더듬어 본다
한 반 육십 명에 열 반이 졸업한
고교 동기 중 대략 한 반이 먼저 떠났다

육일년 辛丑生
어줍잖고 어정쩡한 육십일세
몸과 맘이 각방 쓴 지 오래이고
조바심으로 경로석에 앉아도 보고

'어르신' 호칭에는 내심 쾌심해하며
아제 접종 하한 컷에는 대견해하는 어줍이

신축-Flexible

교량 상판이나 콘크리트 도로에는
기온 차이에 의한 변형 파괴를 막기
위한 신축이음매가 간격을 두고 위치한다
달궈진 늘어짐을, 얼어붙은 오그라듦을
사이에서 제 몸 조이고 늘여 오롯이 감당한다

신축생 여러분들이여,
위아래 틈바구니에서
왼편과 오른편 사이에서
신축 자재의 신공을 발휘할지니

辛丑生 김 영 환

차례

신축일기

무증상 감염자

문득,
나도 모르게
아님 나만 모르게
만나는 이들을 위해하는
무증상 감염자가 아닐까?

딱히
코로나 말고라도

산

저 산에서

가장 외로운 건

꼭대기다

봄날 아침

내비쳐
환하게 밝히니

목련은
흰 붓가지로
창공을 그려넣네

실핏줄 비친
여인네 속살인듯
희붉은 살구꽃 신났어라

가냘픈 외줄기 아래엔
큼직한 부랄 숨긴
응큼한 달래

마스크 동안

혼잡 버스 안에서
난 자리 하나가 선 객의
엉덩이 쌈에 말렸다

흰 부직포로 낯 가린
노랑 긴 머리 아지매와
뽀글이 파마 할매

얼다 대고 반말이야
내가 어리게 보이냐
나두 손녀가 있어
내가 동안이거든

삿대질로 눈앞에 다가선
쭈그렁 손마디에 퀭하니
놀란 뽀글이 할매

슬그머니
벨을 누르곤
망신창이로 내린다

희다

경계 없는
길을 걷다가
발 아래를
내려다 본다

희다

눈 없는
나라에도
희다는 말이 있을까

내가 만약

당장 죽는다면

여태껏 미뤄놨던 일은
창고에 처박은 잡동사니는
침대 틈에 내린 생체 부속은
십수년 연장해 오던 대출금은
조만간 찾아 뵙겠다던 약속은

모레쯤 피리라
바라던 꽃봉오리는

새벽 배송

밤을 건너
어김없이 오늘도
배송된 새벽을 들입니다

열어 젖히니
스물네 색 색색깔
크레파스가 이단으로
빼곡하니 나란합니다

함께 온
8절 켄트지 펼쳐
무릎걸음으로 다가갑니다

장마

이 빗속을
우산 속 총총걸음들이
전철 역사로 흘러든다
누군가는 '인간은 노동하는 존재다'
라고 했다 이때 노동이란 꿀벌과
개미의 무의식적 본능행위와는 다른
당장 하기 싫음에도 하는 것을 말할 게다

저 많은 일터로 가는 사람들
일하지 않거나 일터가 없다면
사람 축에서 벗어난 것일까?

빗방울 맺힌 차창을 내다보다
불현듯 인간 탈 벗고 나뭇가지서

온몸으로 오롯이 빗줄기 받아내는
새가 되면 어쩔꺼나 상상한다

생각보단 견딜 만하겠지

새는 집을 짓지 않는다
단 번식기에 새끼들을 위해
잠시 지붕 없는 둥우릴 마련할 뿐

새는 당장
나는 곳이 제집이요
앉는 곳이 제집이다
언제든 광활한 허공을
날아오를 수 있고
하늘 아래 어디든
내려앉을 수 있으니
새집은 넓고도 높구나

좁쌀 너덧 알로도
꽉 채울 새대가리 속
한 생각이 이럴 게다

참 내
우스워라
조것도 집이라고

그게 아니었어

사시사철 푸른
빛으로 서 있었어

한 날
푸른 그늘 속
비탈을 걸었지

걸을 수가 없었어
황톳빛 바늘밭을
기다시피 빠져 나왔어

물기 머금은
머리카락을 쓸어내리니
솔잎 하나 떨어져 내리더군

저 소나무
철철이 제 잎을 솎아
떨궈내고 있었던 거였어

할아버지네!

엊그제
고교동기 친구와
함께했던 시절 얘기로
산들머리에 다다를 즈음,

마침 길그늘에 자리 편
두 젊은 애기 아빠와
꼬맹이 셋이 다가서는
우릴 향하더니

개중에 눈 밝은 아가 하나가
손가락으로 가르키며 대뜸
"할아버지다" 큰 소리다

반갑게 미소를 지으며
'맞다 할아버지다'라고
퀴즈 정답자 칭찬하듯 건넸다

왜 대뜸
'할아버지다'라 했을까?

아들뻘인 게네들
아비 때문이었을 게다

피뽑기

손바닥만큼
남은 대야미 논에
포기 벌이가 한창이다

민둥대머리 성긴 머리카락마냥
간신히 무논 바닥을 버티던 저들이
어느새 빼곡하니 논 바닥을 지워냈다

아직은 아니다

이삭 필 무렵이면
창칼 잎새 더 짙고
큰 키로 불쑥 솟아나
농부의 표적으로 뿌리째 뽑혀

논두렁서 말라죽어 가리니
그 이름도 유별한 '피'다

포기벌이가 끝날 무렵이면
피뽑기는 햇노인네 흰머리
뽑기만큼이나 수월타

여즉 여여하다가
순간 유난을 떨어
유별나게 높이로 빛깔로
저를 드러내니 농부의 눈과 발
그리고 손아귀를 어찌 당해낼쏘냐

진단과 대책

국민학교 교과목에
'자연'이 있었지요

그 자연이 중등과정에서
과학으로, 고교과정에선
분화되어 물리, 화학과 생물로…

자연을 배우던 시절이
자연친화적이었고
걱정과 근심이 없었다

이 코비드 십구금은
어디서 비롯되었을까?

바이러스는 생물이고
자연이고 우리도 자연의
일부분으로서 지구란 작은 별에 기생하는
동거생물임에도 인간이 만물의 영장이니
뭐니 하면서 되도 않은 잘난 척과 첨단의
과학기술을 앞세워선 앞다투어 자연을
타자화 내지 종속화해 버린 결과로,

성난 바이러스가 인간들의 사는 모양새
한두 컷, 트랜스젠던지 트랜스포먼지를
숭내 내어 변신해서 다가오니
총성 없는 전쟁이요
소리 없는 아우성이다

이제라도 사람도
산같이 나무같이
산과 같이 나무와 같이

랑게

옹달샘에 스며드는 거랑
정류장에 모이는 거랑

쪽박으로 떠내는 거랑
옆구리 틔워 구름통에 담는 거랑

기울여 검은 속 채우는 거랑
촘촘한 네트서 바둥대는 거랑

우울

비다
장마비다
우산을 젖히고
혓바닥으로 맛본다
살짝 찝질하다
하늘도 우나
쿵쾅 소린 곡소린가

입추유감

여름이 아직은 이라 생각코
차일피일 폭염을, 염천을 열대야를
넘하며 장마의 흙탕 물길을
조심스레 건너다 고개를 드니
입추 입간판이 길을 막고 섰다

땀 흘려 적셔 볼 새도 없이
새도 쥐도 모르게 지나는가?
아쉬운 구석이 남는다

우리네 신축생의
인생 달력이 딱 오늘이리라
우리 나이가 절기로는 입추일 거라
절호의 시기요,

기회의 찬스다
못 논 거 있음 어석 놀고,
못 마친 거 있음 마무리하고,
미뤘던 거 들춰내어 다시 펼치고,
가을나무 지줌낙엽 죄다 떨궈 내듯
눈 흘겼던 기껀 맘들 떨어 내시라

훌훌 털고
홀가분해야 할
훗날이어야 될 터인데

유사 이래
원시인에게나
현재 우리에게나
똑같은 걱정 하나 있었으니
"알 수 없는 내일"

어제 새벽에

어제 새벽, 기억나남요?
맞아! 졸라 비가 퍼봤지

여섯 시를 좀 지나 숏팬츠에
런닝티와 캡 그리고 드러난
살가죽을 전신우의 삼아 나섰다

초막골 공원 끝자락의 터널을
접어들 땐 하늘 땅 사이를 촘촘하게
늘어뜨린 빗발에 가려 다시 어둠이었다

불현듯 생각 하나가 일어나니
예전 이곳서 누군가가 목매달았다지
으스스한 터널로 쿵쿵쾅쾅 뛰어든다

반쯤 지날 무렵 한 주자와 교행한다
손바닥 들어 주자의 예를 건넸으나
그는 괘씸케도 응답 없이 지나친다
초짜거나, 겁에 질렸는 갑다

터널을 빠져나오니 내리막길,
대야로 퍼붓듯한 물 반 에어 반의
대야미역과 대야 초교 앞길을 지난다

오늘은 그 집 앞 개 소리도 없다
갈치 저수지 오르막길을 거쳐 오거리
들머리를 앞에 두고 여즉 그런 적이
없었는데 다리가 태업 선언을 한다

그로부터 오거릴 지나
집으로 오기까지 걸었다

길 옆 풀석이는 풀과 같이

부동으로 버텨 선 나무와 같이
맨몸으로 비를 받는다
물방울 흘러내린 살갗이
부풀어 오르더니 파릇한
잎들이 송글송글 솟아난다

검은 모랭이를 돌아드니
군용 판쵸이를 뒤집어 쓴
영락없는 산귀신인 한 이가
물 적신 집쥐만 한 강생이를 데불고
뛰어오다 흠칫 놀란 맘 추스리곤, 이내
"××공군"이란 구호를 반복해서
내뱉으며 산 아래로 사라진다
공군도 구보 구호가 있었던가?

"산다는 것은 타자와 연루되는 사건이다"
라고 서양의 한 철학자가 말했다는데
저 개는 필시 쥔네와 잘못된 만남일 터이다

내리막길에서 세 명의
산 오르는 이를 교행했다

기이하게도
저들은 우산을
떠받고 있었다

장마

올 장마는
장수 장마에
대단한 노익장이다

닮고 싶다
다 쓸어버릴 테다

BAVI BROWN

역시
태풍의 눈이로고
눈 밝은 외눈박이라서
창궐한 역병의 뭍을
용케도 피해가는구나

마당쇠 비질하듯
휩쓸어 가길 바랐건만

불법비료보다도
무서운 역병이로다

눌어붙었다

장박

봄이 오고
봄이 가고
그 자리에 들어선
여름도 토깽이 흘레붙듯
스친 태풍에 꼬리를 비치네

다들
머물렀다
떠나가건만

뭐 좋은 맛을 보았건디
떠날 줄 모르고 게 섰느냐

이천이십년

이 년에

코비드 십구야

LED Flow

이리 오슈

어서 오슈

냉큼 오슈

감자탕 드시면

수제비 라면 사리

공기밥이 무한 리필

소득 없는

무한 반복

실은

마을을 지켜 온 건
천년 느티나무였다

정년퇴직

야간 철책 경계를 섰었다
여즉 주간 경제근무 중이다
근무 교대자가 올라오고 있다

바다

바다는
산과 달라서
정상이
드넓은 수평이요
평등이다

바다는
바다준다
다

ㅁ점섬

물이었다
한 점이었다
다가서니 섬이었다

center pole

산 너머로 졌다고
해가, 달이
사라졌더냐

바라던 내가 졌을 테지
저편으로 사라졌겠지

궁금했었나
동녘이 환하다

놈놈놈

삶이란

차이에

차이고 차는

메트로놈

로또

저나나나 어려운 이들이
십시일반 하여 한 이에게
몰빵으로 몰아주기

같이

이제라도 사람도
산같이 나무같이
산과 같이 나무와 같이

들큰한

새 간판
순대국집 쥔장이
맛있었냐 묻는다
아쉽지만
탓할 수도 없는
프랜차이즈 맛이네요

되돌릴 수 없는

계절의 변화가 별건가요

님의 변화가 대수지요

마스크

안에 착용한 팬티나
안면 착용 마스크나

아래 출구 가리개로
우의 입구 가리개로

상시 착용의 의류일세

전통신사

지나는
길에 눈에 든다

전통신사라?

갓 쓰고 가다마이
양복입은 걸 말하나

선비의 예를 간직한
깜장 구두 네꾸다이인가

전통과 신사가 붙으니
토끼와 거북이 흘레하듯
생경하기만 하네

비?융?신
휴대폰 매장
배깥 배느빡이구먼

황룡사지

나 가고 나면
나 간 흔적은?

쇠똥구리

야무지게 공글린
커다란 짐볼 하나
곧추서서 뒷발로
공 굴려 간다
어쩔 꺼나
그 앞은

제삿날

하늘에 계신 우리 아버지
오늘 밤에 내려 오시이소
잘 차려 놓을게요

월요일 아침

나서다가
분주한 딸애에게
출근하기 싫제?
응!
끙끙대는 또래들
못 듣길 다행이네

수묵화

먹물 머금은

붓끝에서

두둥실

흰 구름 떠오르네

다행

조류독감에 걸린 새는?
걸 귀가 없어 치명적이다

어류도 양서류도
파충류도 변변한 귀가
없음을 이번 참에 알아챘다

안이비설신의, 개중에
호모 사피엔스의 이목구비가
안성맞춤이라는 사실도 득했다

대략 종장 타원형 구체에서
평탄한 정면 중앙의
비를 중심으로

위로는 양 목이
더 밖으로는 양 이가
대칭을 이루어 배치되고
비의 바로 아래로는 단 구이어라

귀, 더 자서히는 귓바퀴가
눈 아래 있어 눈가림 없는
안면 덮개의 걸이구로 걸작이네

생각의 날갯짓을 더해보자
귀 있는 소 말 개 돼지 하마 기린
등속의 동물들 두개골 형상이나
그 골피에 난 이목구비의 배치나
형태를 유념하여 마스크를 씌워보자

다행이다

이 아침도 스페어 마스크 챙겨
밤손님 일 나가듯 눈만
노출해서 집을 나선다

天地不仁

노자 도덕경에서
"자연은 인자하지 않다"고 했죠

요 위에 AK가 올린 아파트 화재
기사 사진을 자셔히 보면 검게 탄
세대의 우측 끝라인의 꼭대기쯤이
지놈 세대 둥지이고 두 아파트 동
사이 뒤로 희끄무레 서 있는 게
동기 SW네 동입니다

천지를 관장하는 이가 하느님이라면
그이는 저승사자라는 자갈돌을
마치 심심풀이로 아래 이승의
연못가로 던져댑니다

못가에서 꼬박꼬박 졸거나
눈앞 벌거질 눈독 들이거나
암컷 등에 기어코 마운팅 중에
미조준 조약돌 탄환의 과녁이 되죠

맞으면 불행이요
아다와이즈 다행이라 하죠

무슨 말로 끝을 맺을까요?
…

쥐꼬리 끄트머리

하루하루를 몹쓸 역병의
나날로 채운 경자년의 막바지

돈벼락 비아그라 특허 만료가
불과 몇 해 전인데, 오늘 조간엔
코로나 백신이 접종을 개시했다네요
화이자, 코로나 역병의 최대수혜자일
터이지요

몇 날 지나면 신축년입니다
육일년 신축생의 새출발입지요

성철스님 어록으로 알려진
'산은 산이요 물은 물이로다'

뭔 말일까요?

콤파스로 원을 그려 봅시다
짝다리 집고 뱅그르르 한 바퀴
돌려 시작점에 이르면
원이 그려지지요

이때, 한 바퀴 돌아온 시작점과
이전의 시작점은 같은 점이지요

이전의 시작점은 내 의지가 아니고
한 바퀴 돌아 다시 선 시작점이야말로
산전수전 다 겪으면서 된통 당하고서야
산과 물의 진정한 의미를 깨치고

시작하는 출발점일 거입니다

왜 인생은 육십부터라 했을까?
이 아침에 몸과 맘을 반들구고
심호흡을 해봅니다

보신각 비대면 출발 종소리
울리는 그때,
공이 대글빡에 똥구녕 차인 탄환인냥
포탄인냥 겨눈 탄착점 향해 힘차게 날아갈 지니

설레지 않소소소소?
신축생 소떼들이여

다만 경계해야 할 건
'철들자 망령'이란 경구로다

추운 날

간밤 한 소식에
간담이 서늘해졌거늘
나서니 한겨울 추위다

거쳐간 hand fun 중에
핫팩 기능을 했던 게 있었다

배터리 과열로 돌아가시기
얼마 전 얼마 동안

경자년 말일에

우리 신축생이 한 갑자의
콤파스를 돌려 제자리로
돌아오는 오늘이자 갱생의
첫발을 디딜 내일의 신축입니다

너나 내나 여즉 살아 있는
우덜 그간 고해바다 헤엄쳐
건니 오니라 수고했습니다

꼬롬한 코로나 땜에
말년 고생이 심했고
시작될 초년도 불 보듯
빤합니다

조빼이 칠 거란 게

그래도 한 번
경험해 본 시상인지라
재갑 생은 더 느긋하고
덜 성내고 지긋한 미소로
나날을 채워갈 수 있을
것으로 기대됩니다

자, 다들 일나거라
이랴 이랴

새 인생밭을
갈아 보자꾸나

한 살 더

실망이 큽니다
기대가 컸었나 봅니다

내나 그 공간에다
익숙타 못해 지겨운
헌 세상 그대롭니다

한 바퀴 돌아
새로 나면 별천지일 줄
알았는데 벨로 천지입니다

발 밑에

깨알이 굴러

시선이, 인식이 가 닿습니다

되레

다행이네요

낯설지 않아서요

낮 눈

바람 없이
덜 추운 낮에
함박눈이 소복하니

더딘 차창 너머에
벗고 선 벚나무
한창인 꽃가지가
버겁구려

벗들이여
어찌할 텐가?

셀카 찍기

터치만으론

어림이 없었다

엄지와 검지를 세워

렌즈를 거머쥐고

뒤돌려 보렸으나

허사였다

눈물샘이 터지고

핏발이 섰다

한참을 지나

아픔이 사라지고

아무런 생각조차

사라진

암실 속 인화지에

얼룩이 비치고 있었다

새끼 양

나와 보니

세상 만만하지 않제?

파리도 깨물고

먼지도 나고

경북 영양에서

양을 키우는 양씨가

어제 난 새끼 보듬고

지긋한 눈길로 건넨다

명령

개찰구 검표기
건물입구 열카메라
음식점 큐알
계좌이체 공인인증
컴퓨터 아이디
현관도어 비번

명령하는 자
누군가

밑반찬

벽에 기대섰던 판이
짤막한 다리를 세워
한가운데 정좌한 밤

배추김치와 동치미
무나물과 장이 오르고
거뭇소복한 밥주발과
시래기국이 둘레를 친다

반 넘어
바다을 차지한
돌방상 곁으로
여럿의 밑반찬이

빙 둘러 달그락 와그작
한 풍경을 짓는다

계절의 사잇길

피가 흥건하다
수북하다 벗어놓은
외피와 내피 그리고
뚜껑과 다비가 빨래통에

긴듯 짤막한 연휴 막날,
그간의 인풋 중 대장항문과
뇨도로의 아웃풋에 낙오되어
머무르고 있는 적폐를 몰아내려
수리산 산길을 간만에 내달렸다

여름엔 런닝셔츠와 손바닥만 한
팬츠를 샤워하며 빨아 널면
고만인데 동절기 껍질은

워낙 두껍고 여러 겹이라
내 손 밖이다

각설하고
오늘 날씨는 살인적이다

쥑인다

모다 근처 공원이나
천변 또는 산속
계절의 사잇길을
걸어 보시게나

다믄 올 한 해
건강을 위해서라도

딱따구리

안개 덜 가신 새벽
성불사 오르막 길가

기내 선 풍장의 떡갈나무
검은 가지 위서 조막만한
딱따구리 산소란을 피운다

조둥 도끼로 좀은 푸석해진
여전히 야문 가지를 쪼아댄다
뛰던 노루 멈춰 서서 뒤를 보듯
금새 정적의 허공을 살핀다
제 소리에 솔개라도
날아드는가 하여

아래서 한참을 본다

기듯 된오름을 막 오른 한
할미를 세워 구경을 권했더니
아재는 귀도 눈도 밝다며
잘 뵈지도 들리지도 않는단다

내 한참을 보았는데
여즉 헛쪼아대고 있다고
설명말을 크게 건넸더니

그라제
저나 나나 묵고 살기
애럽긴 친한 동무라지

동행

해 진 자리
야간반 반달이
근무교대를 한다

행여
졸다 떨어질까
죽비소리 올리며
함께 밤을 건너던
야경꾼 아재들은 어디

나무와 나

나, 오늘
겨우내 둘렀던
두툼한 검정 파카를
양복으로 대신했다

쌀쌀한 듯
상쾌 경쾌다

지나는 길가
크고 작은 나무
겨우내 숨겨 지었을
푸른 잎새옷 두를 날
그리 머지는 않으리

어매

내 늙는 건
아무것도 아닌데
아들 흰머리 나는 게
걸리요

어릴 때 김치를
못 담가 도시락에
된장을 넣어준 게
걸리요

어릴 때 대자리를
기다가 박힌 까시에 곪아
빠진 엄지발톱 땜에
구두를 못 신는 게
걸리요

고등핵교 때
공부를 곧잘 했는데
행핀이 애려버 대학 못 가고,
콤퓨터와 코로나 땜에 인쇄소
일거리 없다는 큰아들이 걸리요

석수역

터진 옆구리로
삐져나올 듯한 플랫폼

청이 인당수 들듯
죽기로 뛰어드네

단거리 주자 가슴팍으로
결승선 테이프 부딪듯
사력을 다하네

빼곡한 정적을 가르는
등뒤의 거친 숨소리

노량진 취준생일까
첫 출근 여직원일까

수리산본

내 사는 산본은
수리산 산밑 동네다

수리산이 빙 둘러
웬만한 바람은 막아 준다

1기 신도시에 경부철도와 거개의
고속도로가 교차해서 지나지만
잠잠하다 수리산이 막아 준다

이웃한 산 너머 시흥에
부동산 광풍이 휘몰아 쳐도,
요 우쪽의 과천이 재개발로
개발새발 날뛰어도 잠잠하다
도립공원 수리산이 막아 준다

종부세는 없는 단어이고,
보유세는 푼돈 정도이다

방산업체는 산속에 짓는다
폭격을 피하려

방산과 무관한 산본도 방산이다
세금폭탄 탄착점을 벗어나 있기에

크고 작은 맘 묵을 것 없이
똥 마랍으면 밴소 가듯이
들를 수 있는 곳이 수리산이다

실은 혼자 올랐다가 똥 누고
흙으로 덮어 놓은 적도 있다

그때 그 똥거름 기운인지
수리산이 붉그락 푸르락
봄기운을 뿜어대고 있다
베란다 창으로 실려든다

이번 주말에
어디부터 들러야 하나?
어떤 코스를 타야 발빠른
봄손님들께 속속들이
인사할 수 있을까

고맙습니다

빼꼼히 넘바다 보니
올해는 나서는 게 내키지
않으셨을텐데 괘념치 않고
춘래하심에 감사드립니다

곧 올라
주먹인사라도 올리겠습니다

늙어 죽는 이유

산을 타면서
어렴풋 짐작했었다

하늘 발치 저곳이겠지
다가가면 안 뵈던
고개가 떡 허니 섰다

그래 수능만 잘 치거라
작은 애 학교만 마치면 했다
호봉수당 거들던 근속 넌이
따로 없는 미운 시애미다

육십 지나 직장도 애들도
멀어지면 홀가분하려나 했다

엊그제 십년 터울 술 선배가
딱히 몸 아픈 데가 없긴 한데
화창한 봄이 좋지만은 않다 한다

가만 생각해 본다
노인네들이 왜 죽을까

기다리다 지쳐서
버티다 버티다 아닌가 싶어
자력으로,
들인 숨 안 내뱉고
딱 감고선 안 뜨는거구나

ㅋㅜㅋㅜ

27h

보온 중

찬밥인가

따신 밥인가

중앙선

언제
생겨났을까

도전

인간은 가림없이

조물주만큼이나

많은 것을 만들어 냈다

코비드나인틴

뭐

올 여름은

얼굴 탈 일 없겠네

품삯

오뉴월 땡볕을
등짝으로 가리고
밭고랑 기는 할매랑

새벽 골목 누벼
가득 쟁인 폐지
몇 닙 백동전 현찰로
거머쥔 덜 굽은 할매랑

여정

침침해지니
경계가 비치네요

어두워지니
대 숨소리 들리네요

멀어지니
분별이 찾아드네요

빈 속이라
몸도 맘도 개갑아지네요

나섰던 곳
개작아 지는 갑네요

참기름이 고소하다구요?

통철반 안
톡톡 타다닥
고소한 내음으로
벼룩 몇 튀어 달아난다

검게 탄 게 다가 아니다
고액분리 압착기에 짓눌려
고난의 진액으로 흘러내린다

철컹철컹 달리는
사슬 철통 안에서
접촉성 발열체들이
스스로를 볶아댄다

저마다의 마빡에

깨알로 돋아난 고액

부풀어 터져 내린천이다

보드라운 봄

신호등 사거리를 건너
정류장 향하는 손끝에
길가 새 잎이 닿는다

가물한 기억이 소환된다

방 안서
한 웅큼으로
뒤통수를 떠받고선
첫애 씻길 때가

동안거

산 속에 절이 있고
절 안에 선방 있어
스님네 면벽 열공이라

흰 솜이불 덮어 쓰고
철 내내 넘바다 보며
한데서 함께 정진하던
산이 저 먼저 깨달았나

가지가지 끝끝까지
생명의 감로수
솟구쳐 올리네

철거

흉물스런 배후가 드러났다
명소라던 사십오 년 전통의
안양웨딩홀 건물이 헐렸다
그라운드 제로는 저렇구나
명소는 지번이었을까
건물이었을까
말끔하게 치워진 명소
그간 다녀갔을 하객과
하객이 건넨 축하금과
주말마다 파종하던
검은머리 파뿌리도
뿌리째 뽑혀버렸네

경부선 새마을호

땅을 잘 아는 건 지렁이일게다
하늘을 잘 아는 건 나무일게다

갈퀴 저인망을 바닥까지 내려
낱낱이 훑고 헤짚어 나아간다

굼뜬 시선에도 선명한 상이다
창밖은 구름 짙은 다습 따슴

밀려나 느려진
새마을호 창측서
거듭제곱난 새마을의
조국 산천을 담아낸다

오월의 꽃

사월은 붉은 꽃
연분홍 진달래
덜 붉은 철쭉
더 붉은 연산홍

오월은 하얀 꽃
두렁 낮은 찔레꽃
코 가득 아카시아
한 주발 가득 이팝꽃

숫내 밤꽃은 아직

선물

봄을 보낸다
세상의 봄을 보낸다
보고 또 들여다보아라
볼 수 있어야 선물이다

배웅

항상 뒤쳐진 그였다

취직도
결혼도
승진도
자식 농사도

이번엔 달랐다

남겨진 그리고
앞섰던 이들이
배웅하고 있다

산노인

소백산 깊은 골
팔순 지낸 노인네
찾을 수가 없었네
곁에 계셨었네
눈 덮인 등성이에
휘인 등으로 박혀
소백으로 서 계셨네

벽화

北冥有魚

鯤化爲鵬

장자의 첫머리에 북쪽 바다의

鯤이 鵬으로 변해 남쪽 바다로

날아갔다는 구절이 있다

그 곤이 고래였구나

그 붕이 고래였구나

오가는 새벽길 담장이 새단장이다

젊은 도색공이 길다란 장대 끝에

푸들 몸통같은 롤러 붓을 깡통에

푸욱 찍어 쓰윽 쓰윽 문대니

깊고 푸른 바다다

다음 날
하얀 푸들 비벼대니 뭉게구름
피어나는 드높은 창공이다

오늘 아침
고래가 날아 오른다
종이 비행기와 함께

가진항

물엣 것들
가진 거 없이
뭍에 올라
다라이에 담겨
저승길 경매 중이구나

만사지척

방랑식객 '임지호'가 죽었다
그 이를 처음 접한 건 이십수 년 전
내가 서초동에서 사무소를 할 때다
산채요리를 주로 하는 음식점 상호로
'산당'을 출원하면서이다

그때는 양평에 있었는데
지금은 강화 바닷가에 있다
그래서 장례식장이 김포인 듯싶다

그때의 허스키하면서도
자갈밭 계곡물 지나듯 밑걸림을
이기며 돌돌 거리며 흐르던 말씨가
지금도 역력하다 한번 들르라 하더니…

내 알기로는 가방끈이 짧았고
어릴 때 칼잽이로 밭을 들였다
그의 눈은 뱀눈이요 매의 눈이다
몸매는 날렵한 한 마리 은여우다

들판을 어슬렁거리며
넓적돌판 위에 들꽃 꺾어
장식울을 둘러치고선
담장 아래
길가에
돌 틈에
온갖 푸른 잎새 뜯어
요리하고 조리해서 뚝딱 내놓으니
둘러앉은 강호동과 이영자는

사발만 한 큰 눈으로 먹고
괴이한 소리치며 묵고
몸서리치며 먹는다

양평 숲속에 있던 산당을
뭔 연유로 바닷가로 옮겼을꼬?
그 이유가 심장마비와 관계는 없는지?

건강전도사 황수관 박사나
자연요리 방랑식객 임지호나
지척이었다
황 박사는 내 사는 산본 옆 단지였고,
방랑식객은 사무소 클라이언트였다

분리수거

복도 건너 포장협회
상근 임원이 들렀다

마른 인사말로
그쪽 업계는 어떻냐
건넸더니
회원사 형편이 피었단다

속 게워
홀가분하게
부활의 노상 대합실에
헤쳐 모인 수북함이더니

체험학습장

내
몸은
정신은

한 생
오롯이

순국선열

까마귀 떼
간간이 날아드는
나시오날 공동묘지

그제와 다른 한 무리
가까이 다가선다
가까워졌구나

예의 몸짓과 표정으로
고개를 깊이 숙이고
한 줌 재를 남기곤
속다짐을 한다

쫓겨나

둘레 친 나무 위서

내려다본다

입성도 습성도

한 가족

방목의 바람

그런 세월
다 날리고
지긋한 지금
이 꼴이 되었다

참회

지쳐갈 이즈음
솟구친 한 생각
이유가 있을 게야
얼굴 감추도록 한
더는 참기 어려워졌나
그 잘난 해코지에 신물이 나
더 보기가 역겨워졌음인가
그렇지 않고서야

비누 조각

납작 직육면체
노오란 다이알 비누
한 학년 네 반의 읍내
중학교 미술시간

눈을 감고 눈을 뜨고
네 개들이 낯선 조각도로
칼인듯 낫인듯 깎아댄다

희미하게 드러나는
목 위와 아래

감은 눈의 형상이
뜬 눈의 형상으로
하나 되기까지
깎았지

손바닥 위엔
공들여 깎아 낸
공이 채워져 있었다

공단 길

불편한 발걸음

그녀의 온몸 보행에
뒤따르는 이의 마음이
페어링되어 뒤뚱거린다

비켜 지나치는
곁눈길에 드는
배후와 전경의
배반

맑은 눈과
환한 표정을
잇는 흰 이어폰

앞서 내딛는
발걸음이 편하다

메트로폴리탄

피뢰침,
의도치 않은
번개의 과녁

가로수,
꼼짝없이 참아낸
번화가 귀양살이

정류장,
가로의 옹달샘
잠깐의 소류지

노선버스,
덩치 큼직한 범생이

탈선의 택시가 부러운

광역 노선버스,
시작도 없고
끝도 없는

내린천

양편 산자락 벌어져
길든 물길
모래톱을 오른다

숨은 쉬고 있었구나

야생의 잔등은 사나웠다
돌이빨 사잇길은 거칠었다

밀려오는 순간만이 있어
잇댄 순간과 순간의
초주검

되새기며
지도에서 찾아낸
물길은 실금이었다

못지 않은
세월 물길도
길게 지나쳐 왔음에야

새벽산을 달린다

주섬주섬
알몸에 피를 씌우고
타닥타닥
반투명 새벽을 디딘다

발치 아래서 돌돌대던
실개천 코골이에 서서
선잠 든 나무들 깨우고

허리 아래 산이불 덮고

단잠인 바위를 깨우고

휘적휘적

양팔을 힘껏 내저어

희뿜한 허공을 말갛게 밝힌다

감자

솟구친 대궁이가 거느린
가지와 성성한 푸른 잎
가지 끝의 하얀 별꽃들

그런데 말이야
감쪽같이 딴살림 차렸네

아래 봉긋한 둑살에 대궁이
아랫도리를 푸욱 박고선
씨암닭 배 속인냥 오종종
한식구 매달고 있었구랴

난장으로 헤쳐진 자리엔
상전은 박해로 시름이고
더는 은밀하지 않은 외도의
굵은 씨알들 햇살 아래서
빛깔도 위풍도 당당하구나

이끌림

끌려서 간다
가다 코 박고 서면
같이 서서 기다리고
길가 사철나무 아래서
굽혔던 등을 펴고 나서면
마다않고 낼름 주워 담는다
퍼피 때가 봄날이었지
바삐도 늙어 뫼신 지 오래

어긋진 심사가 일어,
삼복에 부채만으로 홀로 계실
개수발꾼 어미는 안녕하실 테지요

배설

투입구이고
삭힌 투입물 배출구로
역할 분담이 확실한데

때때로
주둥이가
똥구녁 숭내를 낸다

누드 대화방

말똥말똥
맨눈은 조컸슈

맥힌 아랫 구녕
답답해 죽겄수다
가림없이 드러내고
떠벌려대던 지는요

고생이야 알지만
글타고 대신해서
친친 안대를 두르랴

홀홀 벗어 던지고선
맨입에 침 튀겨가며
웃고 떠들 날
오긴 오겄쥬

공중제비

순간의 액슬레이팅이
구름판과 도마에 튕겨
솟구친 허공

체공의 허공에서
공중제비를 돈다

높을수록 위치에너지가,
비틀수록 운동에너지가,
고스란히 적립되는
착지의 충격에너지

높고 화려하게

오르는 건 순간일 뿐

요는 연착륙

부직포

외줄기로 풀려 나온
씨줄과 날줄 교차의
직조가 아닌

비말로 날려
바닥면에 뒤엉킨
순백의 뱅어포랄까

정돈된 혼돈
정갈한 무질서
무균무때의 신상

세상의 온갖 오염

이리 와 안기어라

헤픈 내게

랜덤

랜덤 꿰미에서
하나씩 빼낸다

무작위가
묵은밭과 검버섯이
벼락 맞은 대추나무가
마침 눈에 거슬린 한 놈이

노자 할배의
천지불인까지도

이대로 이렇게

밑창 해진 구두
발치에 벗어 놓고
자욱한 그늘 아래서
팔다리 한껏 늘여
몸을 뉘운다

서늘한 바람
땀 찬 겨드랑이로 들고
잎새 뚫고 지나는 구름
더욱 희다

일어나는 무슨 생각 없이
머언 시선의 숨 쉬는 시신

이대로가 좋아

소낙비

뭐가 그리 좋은지
떼로 몰린 공중에서
우두두둑 소리치며
수직의 낙하를 감행한다
바닥에 부딪고서야
반짝 낙하산을 편다
그리고선
일어나 한 물살로
지상의 진격을 한다